歌集

はるかな日々

栗明純生

Kuriaki Sumio

六花書林

はるかな日々　＊　目次

Ⅲ

Ⅳ

装幀　真田幸治

はるかな日々

序

私はコロナ

シダのかげプテラノドンに息ひそめ棲みつぎてこし四十億年

新参者ホモ・サピエンスの繁殖にわれらはすがり生き延びるのみ

付着すればあとは粘膜侵《おか》すだけ息ひそめつつその機うかがう

浸み込んで鍵をひっかけへばりつきいっかなことで離れはしない

土足にて家内《やうち》に入るは持ってこい思うぞんぶんわれら振りまき

なんねんも湯船につからぬ西洋人われら殖えゆく思う存分

にっくきは日本人なり靴ぬぎてあまつさえ日ごと湯船につかる

へばりつくわれら必死に除かんとあらがえば熱を帯びゆく　ヒトは

嫌われて疎まれ唾棄され薬もて追われてもなお縋るほかなく

ヒト死なばわれらも死する運命《さだめ》なり　生き永らえと祈るばかりを

われらにはウイルスなりの物語ヒトにもそれがあるようにある

I

軋むわが背

九時まぢかざわめくわが部微笑みつつ珈琲コーナーに歩みゆくなり

横顔のハリウッド・ビューティー、パルミラの女王並ぶそばを過ぎゆく

ストレートヘアの前髪まき上げてこれ見よがしに誘《いざな》うごとく

目交《まなかい》に白き額の艶めけばわが煩悶のたかぶりやまず

みつみつと噎せんばかりの甘き香よけだしメープル・ハンドクリーム

部屋内にひとり喚けり神経をすり減らしたる案なじられて

夕さればあかねの影絵、大手町を眼下に眺《み》つつメール読み継ぐ

張りつむるひととせの仕事いま終えつ立たんとすれば軋むわが背《せな》

ログオフしコートをとれば響《な》る電話豪州なまりの耳に障《さや》るも

病院へ逸《はや》れど続く質問の切れ目探すにもどかし英語は

ふゆざれの道

うつくしきうす茶の色の斑の胸をもちて迫りく　鴨のいち羽は

純白の羽ひるがえしゆらと降る鷺の孤高の姿するどし

弧状なす病院への道ふゆざれの草花萎れしらさぎの佇つ

吹きすさぶ入口に笑む妻に渡す淡きブルーの格子のパジャマ

一年まえ旅せし箱根想うかな横たわる義父《ちち》はげしく痩せて

ふるさとの銘酒獺祭《だっさい》かたむけて「旨い」とまさに舌ならしけり

ねたきりになるまで吸いしタバコなり灰皿にうっすら残るそのあと

レントゲンに喫煙のあと留めずと自慢しており二か月前まで

やすみなく喋りいし義父よ横たわり唇かすかにうごかすのみに

水蒸気送り続ける器具のさき義父の乾ける口すこし開《あ》く

うつろなる眼を時にあけ息荒し鎖骨浮きいで義父はまどろむ

意識もどる束の間ぱっと手をひらく父かわゆしと微笑む妻は

ことばさえままならぬ義父のうずく腰なでつつ妻は語り続ける

そのつよき眼《まなこ》にわれを励ましき今はつむりて白花にやすらう

いまはもう涙もなくて妻は目守《まも》る火葬炉へと入りゆく棺を

きさらぎの雨降りつづく栗橋の空うつうつと今日は雨水か

南米

＊イグアス

プアー・ナイアガラと誰《た》が言いにけんイグアスの瀑布は乾期か水流貧し

炎天に「悪魔の喉笛」水飛沫あげればわれより低くたつ虹

木漏れ日にあえかに灯る紫の花何ならん手折らずに過ぐ

伸ばす手に伏し目がちなるアルマジロしり込みしつつ穴に入りゆく

ナスカ上空三百米　地上絵はそう容易《たやす》くは認めがたしも

ハチドリと宇宙人の絵ようやくに認めてしばしあがる喚声

＊クスコ

富士山に迫る高地のクスコへと脚を下ろせばゆれるわが頭《ず》は

酸素ボンベくばられ操作おしえらる海抜三千米が迫る

裏庭に出会いしアルパカ三頭のわが手よりゆるり食むクローバー

見晴るかすインカ路たどる白人ら大き荷物のインディオ従え

＊マチュピチュ

マチュピチュへブルートレインにまどろめばぬっとあらわる　雪のベロニカ＊

＊標高六千米余の麗峰

バス降りてわずか歩けばマチュピチュはあなこつぜんと眼下に展《ひら》く

ひだり耳神殿跡の石壁に当てれば杳きインディオの呻き

インカコーラ、インカマッサージ、インカ道インカはしかと今に息づく

屋上にシーサーまがいの魔除けあり太平洋をはるばる来しか

みずいろの雨

さんざめく席の向こうに黒きドレス抗いがたく我が眼は吸わる

暗がりに際立つひとり大輪の白石楠花の花を想えり

デコルテの上よりのぞく柔らかな白絹のごとき乳房ふくらみ
天降《あも》りくる声かと想う「みずいろの雨」のメロディー君が追うとき
フェルメールが八神純子が好きと言う瞳さやかに煌《ひか》らせながら

メロディーの起伏をゆたに辿りゆくなめらかに動く透きとおる指

かろやかに優雅の優と名のりおりわずかに口の端ほころばせつつ

カバネルのヴィーナス想わす二の腕のひかりの粒子に我は溺れて

母さん

水無月のわが誕生日の五分まえ母逝きたりと姉は知らせ来

父の死後三十五年を閲《けみ》したり長かりしかな母の歳月

いちにちも疾く父の辺へとつね言いき希いはついに叶えられしを

声かけても頷きもせずうつろなるまなこ泳がせ顔しかめいき

別人のごとく化粧《けわ》えばわが母と思えずやわきあの笑みのなく

「あんたの母さんどうしたん？」と尋かれたね　小さく声かけ頬なでてみた

あじさいの花が一番好きだったね　どこが好きかと聞きそびれたよ

焼香にいざり出ずればわがこむら襲う痙攣母が引きしか

紫陽花の色うつりゆく水無月よ母さんは本当に逝ってしまった

嫌悪の予感

こころなし怯えつつゆく大手町はるか頭上にクレーンは聳え

胸張りて出社する朝オートロック開けど闇の無人のオフィス

早朝のオフィスは人の影もなくフロアーの照明《あかり》のスイッチ入れる

起動するパソコン画面に兆しくる嫌悪の予感メール開くも

入りくるメール幾十標題を読みとばしさぐる緊急案件

トップニュース数千億円の損失は驚きならずたんたんと読む

処分そして改善策と続く日々　ひめやかに身内は爛れゆけるか

＊

白昼にあまきまどろみ襲いくる関西風の英語流れて

うねるような英語の説明聴きながら意識かすめるたまゆらいく度

われひとり知る失態をつみかさね〝潮時〟日に日につのりくるなり

居眠りなど気にしないでと慰める女性社員の笑顔はアヘン

他よりなお自らが知る衰えの耳順というは哀しかりけり

のしかかる責任のかさ耐えがたく長かりしかな十七年は

モンサンミシェル

ああ皐月フランスの野は火の色もせず青々と視界にひらく

大聖堂のステンドグラスに陽はさしてシャルトル・ブルー降りそそぐなか

ロワールの古城は石のひんやりと王妃、愛人《メトレス》の確執秘めて

名物のオムレッツ食べつつ窓越しにはるかに誘うモンサンミシェル

石壁より見下ろす干潟潮ひけば人らは蟻のごとくに歩む

＊

ぽっかりとモネの睡蓮ひらきつつ小学生の写生は続く

幼き絵ほほ笑み見つつ過ぎゆけば我らを追うよ大き眼は

ミロのビーナス腕もあらばと思うべし　欠落に美は極まるものか

娘《こ》のアパートのフランス映画さながらの古式ゆかしきエレベーターに乗る

鳥網《となみ》張るモンマルトルの坂を行く娘とカフェの赤きをめぐり

南フランス

ジェノベーゼ・パスタ頼めば山のごと盛り上がる麺喰わねばなるまい

エズ特産フラゴナールの香水にああまたしてもチャイナの爆買い

「皺のばしクリーム」なれば女性らの瞳は輝くかくも素直に

かのニーチェが「ツァラトゥストラ」を想いしと伝わる丘のいただきに立つ

グレース・ケリーの廊下歩かんと目論みしおみなら無念　今日は閉館

ひややかにゴッホ遇せしアルルなれ今は「黄色いカフェ」で賑わう

跳ね橋のたもとにカンバス立てかけてダルメシアンをはべらす画家は

＊モンセラート

カサ・バトリョ、カサ・ミラ、サグラダ・ファミリアの変形、湾曲、胸は騒立つ

のこぎり状のモンセラートの岩山の上にましますの「黒き聖母」は

ぬばたまの「黒き聖母」はわれを追うその悲しみの視線のままに

ホテル・ハイジ

台風のさなか露天の山の湯にふりくる紅葉頭《ず》にうけ詠う

開きみる蓼科の地図にゆくりなくホテル・ハイジの文字に喰いいる

坂道の国道みぎにアーケイド三十八年前さながらに

ノックすれば木の扉《と》開きて食堂に通さる　かの日の席に座らな

アルプスの山小屋風のしつらえに赤きテーブルクロス映ゆるも

妻二十歳《はたち》われ二十五歳《にじゅうご》の初夏なりき高原のかぜしろく輝き

半円のくぐり戸にかつてのポーズとる妻はほどよく肉づきしなり

ひとり逝きたり

木枯しの吹き荒ぶ夜の階段に携帯電話《ケイタイ》強くみみに押し当つ

君らしく大発会《ほっかい》のその日にてあな忽然とみまかりしとぞ

鋼《はがね》のごとき人でありしよその強きをわれは危ぶみはた羨みき

弱き者は仕えがたからんその人の叱咤のこえのなお耳に響る

死の床の夢に現に呻きけん今も否むかわが提案を

悼　熊野祥三氏

＊あらたま

ひとはけの雲を浮かべて西の方富士鴇色に年はあけゆく

照りつける朝日に眩むあらたまの緑道を行く五分ばかりを

ボランティアと思しき老女《ひと》の緑道にかがみて草を抜くに声かく

ごくろうさまと言えばいいえと返されき朝の冷気のはつか弛むも

時じくの香《かぐ》の果《このみ》と思うまで新種「せとか」のやわく香れば

II

サリー

アナウンスにふと目覚むれば鮮やかな君の笑顔よカトレア咲《ひら》く

ゴンドラにVサイン揺るるフェルト帽、琥珀の色のショールなびかせ

千の顔二千のまなこ群るるなか我にふたつの瞳きらめく

寝ぼけ眼ごまかす敬礼可愛くてまた押しているシャッターいくつ

ベッキオ橋より運河見下ろすサングラス、ベニスの夕日に炎ゆる肢体は

白鳥の水浴びのすがたさながらに我にはわれのしらとり遊ぶ

滝水をくぐり出できし妖精のしずくしとどに濡れて佇め

ウルビーノのビーナス想わすポーズにて振り向くサリー半裸のままに

学ばない人ねと言われつぐみおりベニスの夜のとばりのなかで

カラバッジョの闇おもおもと迫りくる最後の審判見損ねしのち

洞窟の中にとどろくカンツォーネ青く妖しきひかりをゆらす

僕のニナ

「おい、待ちねー」と言わんばかりに右腕を垂らしにらむよこの白猫め

風に舞うニナの和毛のふにゅふにゅとわが鼻面をくすぐりやまず

守護神のごとく頭上に眠る猫あるいは寝首をかかんとするか

晩秋の日だまりに僕のニナがいていじらしこの仔　ひっ掻きやまず

けだるげに上半身をひねりおりとろりとした目で僕をみつめる

朝四時にあやしき音す　寝ぼけつつニナの嘔吐を始末するなり

＊引越し

四十年働きづめのその果てに日々休日のうつつ迫りく

壁面をほぼ本棚で埋めつくし終日ぼーっと過ごす贅沢

富士山のゆえに一大決心す還暦すぎの自宅買換え

次々と積まるるダンボール箱の数に早くも転居を悔やみ始めつ

＊古事記

根の国ゆ来しスセリビメ畏みて哀れ身をひくヤガミヒメなり

タケミナカタにゆくりなく蝦夷のアテルイを想う霜月朔日更けて

醜さのゆえに返されし悔しさよ　イワナガヒメの全《また》き沈黙

わたつみの魚鱗《いろこ》の宮のそばの木にトヨタマビメはホオリ見染めつ

海彦は悲しからずや山彦に針貸し三年のちに倒さる

黄砂降る街

やわらかき笑みを浮かべて礼《いや》をするこのドアマンもベトコンの裔《すえ》

蒙古はた米国さえも退けしベトナムびとの丈のひくきよ

いちめんの水田《みずた》は早苗の青々と笠をかずきて草とる農夫

黄砂ふるハノイの街の遠景に影絵の原を牛は草はむ

智恵子なら眉をひそめて「本当の空が見たい」と言っただろうか

厚きマスクしてバイク駆るこの国の無数のひとら眼鋭く

クラクション鳴りやまぬ街の大通りバイクを縫いて横切る我も

空爆に焼かれしならん黒ずめる家並《やな》みに遊ぶ子供ら多し

わがめがね三十分かけ取りもどしし男五ドルのチップ拒みつ

南国にあれど肌白き女《ひと》多しフランス統治の名残かこれは

眼も彩なアオザイにつつむ痩身をはつか傾げてはにかむ処女《おとめ》

カテーテル再び

ＣＴ画像に血管石化の煌めきてついに十年ぶりのカテーテル

動脈に穴を穿ちて入るる管、動脈硬化の血管をゆく

硬化せし血管通すは難からん二時間半の悪戦苦闘

これではもうらちがあかぬと主任医は鼠蹊部よりの挿入に移る

いかんせん局部麻酔の悲しさよ医師らの会話のなまなま聞こゆ

ステントは今入れらるるや両の手の震えしびれの耐え難きまで

絶対安静三十分と命じられ身じろぎならぬ時の長きよ

付き添う妻にもう三十分はたったかと問えばあっさりわずか五分と

呻きおればわかくさの妻はにべもなく耐えるほかなしと笑みつつ言えり

ちょろちょろと小水尿瓶に出しおればあら上手いわねと妻に褒めらる

息子と猫

幼きより巧みに嘘をつきし子よ長じてなおも謀《たばか》りやまず

ようやくに職を得たるを奇貨としてスーツの代金無心に来るも

かねあらば音信不通の男の子なりたまの連絡　うれしからずや

小学生らしからぬ詩を書きし子よふたたび詩作する日のあれよ

＊

脚のばしソファーに長くくつろげば腹から胸にしなだるる猫

ふんふんとわが口元を嗅いでおり何確かめる仕草ならんや

指の背にあごのあたりを撫でてやる　うっとり目つぶり首のばしいる

かわゆさに撫で過ぎたれば耳立てて突然つめに襲いくるなり

五千年飼いならされてまだ媚びぬこの生き物の気位羨し

つかの間の媚にすぎずや白猫は妻のけはいにわが膝を蹴る

テニス・ダブルス

明日こそは絶対勝つぞと意気込みて眠れば目覚む午前四時半

ポツリポツリ集まる人らのウエアーの着こなしじっと品定めする

瑠璃色のコートの乱打戦見下ろして勝てる予感の湧いてくるなり

苦し紛れに上げたるロブに振りかぶる敵の強打はネット揺らせり

エースショット常に狙うは大馬鹿とわきまえつつもなお止められず

稀に打つサイドアタック鮮やかに一歩も動けぬ敵に笑みかく

全勝の掉尾をかざる一戦に勝てば喜び押さえかねつも

イギリス

今日もまた霧雨の道に乗り出だす大型バスのベルトに鎖《さ》され

この国が七つの海を征しし こと夢のごと想う　羊眺めつつ

草の面《も》にふかぶか伏せて眠る牛さぞかし美《うま》し夢を見るらん

幼子はまどかに眠みひらきて満腔の笑みわれに投げかく

鼻ピアスの美しき女《ひと》通りすぐなにゆえかくも牛を恋うるや

ローマ浴場裏のカフェにてランチとる白人女性の隣に座る

うまきかと尋ねればすぐ頬ゆるめうなずき軽くウィンク返す

別れきて弓手に残るその女《ひと》の豊かな腰の肉の手触り

いたいけな子をふかぶかと目守《まも》る像頭頂に二羽ハトを遊ばせ

家ごとにペチュニアの紅き吊り花はわが目を奪う日差しに炎《も》えて

ポピーゆれベゴニア揺れてコスモスもはつかにまじるコッツウォルズ

鎮魂の歌声ふいに　暗殺の回廊黙しゆくわれら打つ

カンタベリーの朱夏の陽射しは容赦なし頭髪うすき旅人われに

炎天にかぎろいの立つ丘こえて七つ切り岸しろじろと聳ゆ

専守防衛

ひかがみのツボをくりくり押されればたちまち叫ぶ古希近くして

治療台にうつ伏せて耐えひとときの時事報道に耳をそばだつ

抗しがたくアウトソースの極まれり電算事務はた毒殺さえも

金正男暗殺報道

こめかみに眼鏡のつるを沈ませて核のボタンをまさぐりやまず

わが海にミサイル幾度も撃ちこまれ震えるのみのこの夕まぐれ

一心不乱に核、ミサイルを開発す命綱《タイトロープ》と思わざらめや

無知蒙昧の花咲き乱れ平成のそらに「専守防衛」谺す

先制の一撃にて決まるおおかたの戦闘まして核ミサイルの

＊

歴史書の口絵に切なき阿修羅像　目元が夏目雅子に似てる

えも言えぬ訛りに秋田の良さ言いしＣＭの美女　ああ婚約す

赤き汁したたるステーキ　うむ旨しマンモスもかつてかくうまかりけん

剣歯虎もマンモスさえも喰いつくししホモ・サピエンスいずれ滅びん

人はみな罪深きもの他種幾千喰らいつくしてなおも喰らうを

可愛さにあたま撫でれば新年も爪たてかみつき拒むこの猫

ゴッドファーザーⅢに著しマフィアにはマフィアの悲哀アル・パチーノの眼に

軽井沢

声かければやや驚きてピアニシモに応《こた》うほどよき堅さともない

ひとしきり話しし後の静寂をくぐもる声のさざなみのごと

霜月の避暑地は人もまばらにてタンデム自転車のりまわしゆく

さむいかと問えば少しとこたえおり　小さくふるう頰に寄りゆく

両の手にやさしく頰をつつみやればわああったかいと瞳うるませ

辿りつくホテルをいだく群青の闇にランプの橙色《オレンジ》あわし

なにげなくしなやかな髪うしろ手にたばね垂らせば皓きくびすじ

みるからにやさしき笑顔けだるげにあめいろの髪右手にまさぐる

重厚な家具きしませてひたぶるに話しおり外はぬばたまの闇

軽井沢のまぼろしの日は過ぎゆきぬジャーマンアイリスたおやかに揺れ

カテーテルみたび

カンロ飴飲み込むごとき苦しさにがばと起きたり真夜一時半

水を呑みソファーに深呼吸繰り返しニトロ一錠舌下に入れる

三度目のカテーテルをばやむなしと告げられれば応ずるほかなく

狭窄はさらに進みてもう二ヶ所広げずば命に障りあらんと

この血管にテニス五セットこなししと言えば呆れて嗤いぬ医師は

冠動脈に管通さるる不気味さの二時間あまり慣れることなく

術後九時間なお滲む血にガーゼ当て全体重かけ押さえられいつ

うっと声をもらせば女医は素っ気なし　痛けれど我慢するほかなしと

血は止まってますとささやく看護師に問えば霜月丑三時と

去年《こぞ》ひとつ今三つ目のステントを埋め込まれいざ血よ巡りゆけ

Ⅲ

退職

二ダースほどの懐かしい顔つどい来るたまにはやはり退職もよし

小人数と言われ赴く送別会　三十余人の笑顔にたじろぐ

ふたたびの送別会につどい来るすでに去りたるジョーもニックも

大き花とビール両手に笑顔振りまく退職時には皆いい上司

四十三年、日米欧の恐るべきリバイアサンら五社にもがきつ

M&A、スワップ、オプション、インデクス、アルゴリズムに追いまくられて

めくるめく四十三年　激昂も　涙も　笑いもすでに去りたり

はじめての年金、保険手続きに困憊の渋谷スクランブル

*

ひと月まえ埋め込まれたるステントにゆらぐテニスの試合出場

ステントを冠動脈に潜ませてフォアのショットは軽めに打つも

こころなし胸の違和感　ネット前ドロップショットをダッシュに追えば

狭窄に必死で抗いいることを思えば愛《かな》しステント三つ

＊

職退きてあつみの里の露天湯にゆったり浸かればきらり木漏れ日

眼下《まなした》に展《ひら》く峡谷　ゆくりなく会津鉄道の風鈴は鳴る

年を経た秋田オバコが水上に手招くよ枝豆アイスをかかげ

最上川芭蕉ライン

湯のかみの温泉駅にいにしえの丸ポスト立つ炎暑にもえて

名物のネギソバすするもますぐなる葱に蕎麦をば掬いかねたり

大内宿にて

キース

香港のキースが職を退くというどこかニヒルな英国人《ブリティシュ》なりき

アジア地区ともに仕切りし日々杳《とお》く　辞職メールをまた読み返す

ニューヨークの下げに株価はころげ落ちぬばたまの闇の底をさまよう

相場なき土曜日の朝もてあまし歩《ゆ》く庭園に梅咲きさかる

桜かと見まがうばかりのしだれ梅濃き桃色の小花は震う

＊近江吟行

天命を信じささなみの近江にて一生《ひとよ》をかけしヴォーリズ愛《かな》し

時差にゆれバスに揺られてゆく近江ゆくりなく女史に行方ゆだねて

カーブする軒にガラスの大き窓女性《にょしょう》の宿と断ずる女史は

豪商の富をたのみてつむげるや哀し女の物語いくつ

容赦なき初夏の日差しに眩みおり涼とる「たねや」に群がる友も

バルト三国

茜さす夕陽にあらず夜のふけぬタリンの街のカフェーに座る

現地ガイドいわく

向う岸はスターリン・ゴシックとコンクリートのソ連の残滓あざ笑いつつ

悼　日本のシンドラー・杉原千畝氏

薄氷のいのち幾千救わんと署名続けし「命のビザ」に

書き続けよと神のみ声のりんりんと耳に響けば指うずくまで

ラトビアの海辺をひとりあゆみゆくライラックの花もっさり揺れて

壁面に裸体の女神なまめきてアールヌーボーの邸《やしき》立ち並ぶ

悲恋の洞《ほら》クラリネットの音《ね》は流れ我は琥珀のピアス買いたり

道の辺にリンゴの白の咲き乱れ震えやまざり母恋いし花

赤い悪魔——二〇一八年　サッカー・ワールドカップ

日本2点先取
ヒールパス瞬時に振り抜くミドルシュート、ゴリアテは右へ跳べど触れえず

ベルギー1点目
ヘディングは鬼火のごとくゆらゆらとゴール上部の隅に吸われつ

ベルギー決勝点

捨て鉢のスライディングは届かざりきゴールネットをボールは揺らす

夢見たる勝利の手前あんぐりと口開けており奈落というは

えんぜんと勝利のニケは微笑むと思いきや〝赤い悪魔〟*なりけり

＊ベルギー代表チームの愛称

＊ダンス

日々外に出でゆく妻よそんなにも俺が居るのがうっとうしいか

つれづれを大学図書館に晒しおり窓の外《と》に踊る学生たちは

踊るさまガラスに映し振付《ふり》なおす学生多したしかに上手いが

がなるロックにこぞり腰振るオイ君らすこしは読書もするのだろうな

くねくねと腕ふりまわしキレキレのダンス二時間なお飽かぬらし

カルロス・ゴーン逮捕さるる日もいっせいに踊るよおどる多分明日も

キャンパスの銀杏落葉の金色《こんじき》を踏みつつ帰るひとりのわが家

カルロス・ゴーン異聞

戦力をもたぬを国是とするマヌケ君らが我を裁くと言うか

使用人、下請けの血の数千億円《すせんおく》、数十億円《すじゅうおく》など端金《はしたがね》なり

目的は脱税なりと何故言えぬ盲《めしい》のマスコミ高嗤うのみ

拘置所の飲食《おんじき》からだに優しくてついに数キロダイエットせり

おフランス様のお出ましなるまでをしばし胸張り眼鋭く

＊ああロシア

シンゾーがウラジミールと呼ばうたびぞっとする笑みプーチンは浮かべ

背信のかのスターリンの裔《すえ》なるを松岡[＊]さえも悔やまざりしや

＊松岡洋右

核装備なき小国がほざくなと言わんばかりのラブロフの貌

＊胃潰瘍

紅に爛るる胃壁ひそませて外来病棟の待合にいる

昨日ヘルペス、今日胃潰瘍と告げられつわが老年はかくにぎやかに
潰瘍の元はと案ずれば妻は仕事の緊張失せしゆえかと

カンボジア

生き地獄の業火に身悶え叫びけん大樹はゴムを身にしたたらせ

ゴムの樹を這い廻りいる赤蟻は美味しとガイドの夢見るごとく

おごそかに祠堂の男根祀られて一心に祈るヒンズー教徒

仏像はあわれ頭部を切りとられなおも衆生を救いいますや

つつしみてわずか一ドル喜捨するに朱色のサンガ巻いてくれたり

朝餉報らす鐘うち響くただ中をアンコール・ワットに陽は昇りくる

女神《デヴァター》の胸はいずれも豊かなりさぞ大量に乳足らしけん

ガジュマルは回廊またぎ高々と聳ゆ廃寺をはるか見下ろし

タ・プロム寺院

百日紅のごとき木肌もてからみつき神幾柱を絞めあげ止まぬ

両の手の指のけぞらす舞姫はあしの指まで宙にそらせり

タプサラ・ダンス

大連神社

ふるさとの唐戸漁港は人まばら　逢魔が時に攫われたりけん

幼帝を唐衣にくるむ二位の尼のブロンズ像を撫でる潮風

海の底にもあると言われし宮殿に安徳帝は安く眠るや

竜宮を想いて造りし赤間神宮、朱色の社殿は陽に輝くも

波濤越え赤間神宮右奥に遷座されおり大連神社は

ソ連兵の狼藉しかと認めけん大連神社に人なお集う

この道をひたすら行けばあのホーム母のまぼろし揺らぐたまゆら

母は大連近郊・旅順からの引揚者

陽はふりそそぐ

だしぬけに息子が来たりほころぶる把手の黒きカバンを提げて

散歩しようと初めて子から誘われぬ目黒川沿い葉桜の下

風薫り空澄みわたる日盛りをスーッ着こなす子と歩きゆく

精気無き子の眼をさぐる　衝撃の井上尚也のＫＯ語る

人はいつか挫折するもの子よ耐えよ　葉桜のした陽はふりそそぐ

教え子が合格せりと艶声《つやごえ》に言う子の背《せな》を軽くたたきつ

*

襲い来る津波避けんと走りたり息のかぎりに　すんでに目覚めつ

五分前ひいた仏語をまた辞書に探せばさやか黄の蛍光は

娘《こ》がわれをきつくなじりぬ　押しころしし声を限りに内に叫《おら》ぶも

乳母車にスマホかざして押す女スマホは大事赤ちゃんよりも

＊水辺のカフェ

みんなのミュシャ展 三首

紛れなきアールヌーボーの寵児なり肉桂《シナモン》色の装飾むせて

背を反らし蠱惑の笑みを投げかくる《ダンサー》は長き髪をなびかせ

まざまざと一年前がよみがえる《スラブ叙事詩》の呻きよ耳朶に

たそがれを水辺のカフェにひとりおり風は記憶をさざ波立てる

ひとり座すカナル・カフェの陽だまりに眼にしむ紅葉思いいずるも

＊ミシガンの空

飽くほどに曇天の日々　にじみくるこの既視感よミシガンの空
四十三年前

雪おおう楡の梢にリス二匹とまりて斜《はす》にうかがいし目よ

ある日不意に明るむ雲を切り裂きてきらめき射せり春の日差しは

四十三年前、米国ミシガン州エリー湖畔の街アン・アーバーでミシガン・ロー・スクールの学生だった。その地で結婚した。

アルプス

かろうじて傭兵に国を支えこしスイスは今を花に飾れる

朝五時に橋より仰ぐマッターホルン雲のおおいて裾のぞくのみ

ユングフラウの右に尖れるシルバーホルン、グラニュー糖の白をまといて
下りゆくアルプス山系咲き群るるキンポウゲ中にハクサンイチゲも
胸深く秘めたる思いつつむごとキンバイは黄の清き花びら

三千メートル越えれば緑は見えずなり岩山荒く雪をかむれり

氷雪をなぜに好むか赤き藻の広がりて巨き氷河を染むる

アルプスの断崖の端《は》に座りいる牛はゆっくり時をにれがむ

テンカウント――ＷＢＳＳバンタム級決勝戦　井上vsドネア

宿敵の鋭き左フックをばまともに喰らいまぶたは血噴く

まばたきも赦さぬ右のストレート顎にくらえば飛びちるよだれ

クリンチし必死に耐えるリング上ここが先途の修羅場ならんか

渾身の一撃《ブロー》脇腹をえぐりたり敵は背をむけロープをさまよう

レフェリーのテンカウントの遅きこと歯がゆさ昂じオットマン蹴る

＊ラグビーＷＣ

巨漢サモアにモールで押し勝ちゴール越ゆまさかとしばしわが目疑う

寸毫の間隙あれば切り裂きてタッチダウン奪るウイング松島

肉塊と肉弾相打ちうずくまる二メートル超す巨人らさえも

なおくすぶるアパルトヘイト乗り越えて南ア主将の漆黒の面《おも》

勝敗は時の運なり　さはされど画面は曝すジョン・ブルの背《せな》

ライブ

繚乱と白花《びゃっか》は咲《ひら》きまぼろしの蘇りくる去年《こぞ》ベネチアの

ペイズリーの繻子のドレスのひったりと逆円錐に下肢をくるむを

すぼまりて足首つつむ裳裾よりはつかにのぞくペディキュア紅し

君にはかすれ我にさやけき思い出を載せて高鳴れピアノよ闇に

白きかいな眼よりも高くさしあげて長きおゆびの虚空をつかむ

昂じゆくメロディー強き鍵盤の連打の愛撫狂おしきまで

かけあがるメロディーしなる上半身、喉きしませて君の裏声

眉根《まよね》よせ快楽《けらく》の貌《かお》のたまゆらの後にこぼるる笑みあどけなく

むきだしの肩くびすじに浮く汗のスポットライトに煌めきやまず

裏声の頭《ず》にこだましつつ席をたつ観客の脚からくも避《よ》けて

IV

ムンクの宙

羽田にて北スペインは雪もよいとぞ告げられて荷を顧みる

四月なかばムンクの宙《そら》に着ぶくれてバスを降りゆくハポネス八人

午前三時どんより目覚めしベッドにてスマホに知らさる　株の暴落

ひと晩に五百万円失うも時差にかすめる頭《ず》に解《わか》りかね

呆然とスマホ画面視る　繰り返し引き伸ばせども株価は変わらず

小画面に一連のニュース読みゆくも時差の桎梏　風呂に湯をはる

落胆のままに乗り込むバスの中ブエノス・ディアスの声はこだます

終末にもろ手を挙げて絶叫する人らのさまにプラタナス並ぶ

ドニャ・ウラーカの聖杯という代物を眉に唾して　なれども見つむ

古都レオン

淡青の化粧タイル《アズレージョ》の語る歴史なりポルトガルのあの絶頂のころ

サンチャゴ・デ・コンポステーラ　四首

石ころの巡礼の道、その上《かみ》は荷を負い歩きし八百キロを

この丘よりコンポステーラを見はるかし歓喜に人らうち震えけん

ミサに遇い身を乗り出せば信者らは席つめしきりに我を招くよ

やむをえず席に座れば頭《ず》をたれて跪くことも　嗚呼　避けがたし

時はめぐりて

胸もとまで白き裸身の惜しげなく朝日に雪の不尽は冴ゆるも

香港に黒きマスクの学徒らを警官は撃つその左胸

＊

ゆくりなく『日月の河』＊詠む歌に遭う　夜の運河の灯のいろ揺れる

＊師・宮原包治の第一歌集

〝ジェット・ストリーム〟城達也の低音にくすぐられいつか意識遠のく

幾たびも夢みしときの巡りきて日に異《け》にひまを持て余す日々

楽しかったよなと問えば即座に返す妻「これから楽しく生きなくっちゃ」と

本棚に『湖畔のアトリエ』『デミアン』かの日のヘッセゆらり甦《かえ》りく

金《かね》と縁の切れ目重なり子は三月音信断てり　息災ならん

何処より来たりしならんせせらぎに純白の羽たたみて鷺は

夕されば力ーテンをひく窓のかなた夕映えの富士いそぎ妻呼ぶ

蕉翁を追わんとするにあらざれば旅行カバンはずっしり重し

露天湯に出でんと強く戸をひけばとろ湯に危うくまろぶをこらう

露天湯にカピバラのごとつかりおり花巻温泉とろ湯にとろとろ

湖北の〝マリモ〟――コロナ・ウイルス

湖北省のマリモがじわり浸みこんで七十億人おののきやまず

早朝の目覚めの憂鬱恐る恐るパソコン開き株価を覗く

三千ドル下げた週明け千二百上がるよ蓋しロボットは買う

呆然とカーテン開ければさやかなり遥かに富士は白く聳えて

デマひとつにトイレットペーパーかき消えて令和二年の春は明けゆく

トイレには二巻のペーパー残るのみまさかの不安つのり来るなり

厚顔もこれほどなれば見事なり「世界よ中華に感謝すべし」と

ＳＡＲＳに続き新型コロナ　待てしばし最終兵器は未だしなるやも

野戦病院さながらのテント続きいてセントラルパークの寒き朝明け

つぎつぎと冷蔵トラックに運びゆく死者を連れゆく埋葬の島

感染者日々二十万人《にじゅうまん》死者二千人《にせん》どこふく風の開拓者の国

さめた眼差

コロナなおひた浸みわたる日の暮れに思いもかけぬ友からの電話《コール》

え、まさか　ゆかしき人のさり逝きぬ物に動じぬ人でありしを

半世紀まえ眼とがらせ入社せしわれを迎えきクールな笑顔に

さめた声さめた眼差鋭《と》き論理に証券界の猛者黙らせき

一九八九年一月　欧州出張に随伴

眼閉じればルクセンブルク雪しまく空港のタラップ共に降りし夜

マドリッドの午前零時のパエリヤを一皿苦もなく平らげし人

スペインのディナー　夜十時頃開始

一週間徹夜徹夜の連続に弱音吐きしを思い出だせず

大仕事仕上げしのちは常のごと銀座「サブリナ」に飲みて歌いき

ゴルフ場に突然逝けりと知らされぬ苦しまざりしを救いとせんか

茜背に黒き富士みゆ　ふつふつとあなたとなしし事のかずかず

悼　村住直孝氏

カラスの祝祭

ときとして濃き鈍色の襲いくる　声あげ覗く妻の寝顔を

クリックし消却したきことばかり蘇りくる春浅きあさ

外出の用なき日々のつれづれを緑道に鷺たずねんとする

自粛解除となるはずだった日をすぎて早春の風ぼうしをさらう

川沿いのソメイヨシノは芽ぐむのみこの春もまた淡く逝くのか

子が塾の主任になりぬと電話にて告げ来ぬされど　また妻にのみ

＊

まるで四月さながらの外気胸いっぱい吸おうとすれどマスクが五月蠅い

道のべのカオルと名付けし地蔵さえいつしか赤きマスクをまとう

三月にからくれないの海棠の花みつみつとわが目を奪う

リハビリの甲斐なき膝の痛みなり　テニスの歓声耳に障《さや》るも

カラスらの祝祭ならん大木のえだえだに騒ぐ　三密をさけ

仰向けば高層ビルをかすめゆく一機９・１１あの映像が

紀州のドン・ファン

スクリーンに凄光らせて力なく笑みし老いびとくちびる震え

木花《このはな》の開耶《さくや》姫かと思うまでけだし老いらくの胸の炎は

金あふれ余生いくばくもあらざらん　咲きしなだるる花ぞ手折らな

最後の女《ひと》になってはくれぬかと喜寿に臆面もなく迫るは見事

「ドン・ファン」は哀しからずや薔薇の香を嗅げばじんわりpoison《プワゾン》匂う

欲望のままに生き来て死にゆくはまさに男子の本懐なるべし

葬式に美脚からませスマホ手に湧きくる欠伸とどめかねつも

「墓も骨も要らぬ欲しきは二億円」　なんと可憐な乙女ならんか

れぽーたーの差し出すマイクも垂涎の胸ゆらしつつかき分けあゆむ

三年もかけなば逮捕に至らざらん　証拠が腐らずあるといいねえ

はるかな日々

籠る日に七十一《しちじゅういち》歳の夜明けなり膝蓋骨もそりゃあきしむよ

昔日の秘書より祝いのメール来ぬ　娘、息子は黙貫くも

たぐりよする記憶の端々スクリーンにサマルカンドの青さえざえと

アラベスクの無限反復めくるめきモスクは夢に我を招くよ

浜際に妻と腰掛けうたう歌はるかな日々を潮騒は呼ぶ

＊

退職後二年

さようなら僕の壮年、四《し》十五年あの喧噪をもがきのたうち

振り向けば白き墓標の高々と皇居の傍の大路に聳ゆ

過ぎ来しを思えば涙せきあえず父母《ちちはは》のこと子育てのこと

夢のごとパステル・カラーに包まれて少女は微笑む湖《うみ》に向きつつ

来し方の悲喜こもごもを打ち払い白鳥《しらとり》は翔ぶわが夢の中《うち》

ニナの入院

おもらしを繰り返す猫クリニックへバッグのベルトは肩に食い込む

待合に泣き面の男クリアケースの土色の蛇に水呑ませおり

肝機能八割不全の日にさえも食欲さかん　天晴れニナは

箸とめて虚ろにおよぐ妻の眼の端はみるみる赤らみてくる

うっとりとその膝にねる猫なければ放心の妻はソファーに無口

待合室にゴージャスな三毛剃られたる露わな脚の鶏ガラのごと

点滴の管、エリザベス・カラーまといニナはタヌキ眼動かしやまず

検査値はようやく下がり退院の道に木槿の花は揺れるよ

「銀座短歌」終刊——銀座、ぎんざ、ギンザ

さんざめく中国人の消えうせて銀座の秋はゆたに暮れゆく

ながながと若きが並ぶティファニーに感染者はた潜みていんか

ディナー・コース、レカンに食べしは一度きりたしか絶対美味かったはず

交差点に和光の鐘の音《ね》は流れ雑踏の人の耳をくすぐる

文明堂の巨大ステンドグラスにて騎士らいさかう姫をめぐりて

わが出版*記念会までロージェより駆けつけくれしひとも逝きたり

＊三笠会館にて

天國《てんくに》の前の路上に空車待ちまる一時間立ちし真夜あり

天國が中央通りにありし頃

緑青《ろくしょう》の大《おお》十字架に誘《いざな》われ銀座教会の席に列なる

創立一八九〇年、有楽町駅前

外堀にあそぶスワンと思いきや冬日の反照みなもに揺れる

公園の露店カフェーの木漏れ日をまだらに浴びてマスクを外す

日比谷公園

あとがき

世界は混沌としている。コロナがなかなか収束しないどころか、また息を吹き返している。地球の先住者だから当然ではあるがしぶとい。中国の台湾をめぐる動きがきな臭いと思っていたら、突然ヨーロッパで戦争が勃発した。ウクライナの予想外の健闘を注視していたら、なんと安倍元首相が凶弾に斃れた。世の中本当に何が起きるか分からない。そんな時に最後の歌集を出そうとやっとふんぎりがついた。

第四歌集『ラ・トゥールの闇』を出版してから、あっと言う間に十年近くの歳月が流れた。この間五年前に四十三年間も続けた証券業界から完全に引退した。その時に時間が出来たので第五歌集を出す準備を始め、三年前には一旦まとめたが、大した歌がないのでどうしようかと迷い始めた。そこにコロナが襲ってきてあっと言う間に二年以上が経った。そしてやはり最終歌集はまだ体がそれなりに丈夫なうちに出しておかないと後悔するかもしれないと思うようになり、今回ついに出版を決意した。

振り返れば長い会社人生だった。全く性格に合わない業界に二十数年も在籍した上で案の定転落し、坂道を転がるように外資系に転じて五社に二十数年勤めた。その後、転職の代わりに東京タワーと富士山の見えるマンションの最上階に転居し快適だったがスーパーが遠かったので、買い物に便利な高田馬場の部屋に再び転居して現在に至っている。壁は全て造りつけ家具業者に本棚をつけてもらい、一日中本を眺めて静かな満ち足りた日々を送っている。半分は歴史関係の書籍であり、残りの半分は短歌関係の本で埋め尽くした。理想の書斎だ。

先程、最終歌集と書いたのには訳がある。まず所詮私の歌など大したものではない。この歌に読者がいるかどうかも疑わしい。それでも他の人に無い特色があるとすれば仕事の歌だったはずだ。その肝心の職場から去ったのだからもう詠うべきことはほぼ残っていないのだ。今これを出しておかなければもう出す機会も気力も全くなくなるだろうと思い至ったからだ。それにこの間にも私の歌の多くの理解者を失った。まず私をこの世界に誘ってくれた母、「短歌人」の蒔田さくら子さん、中地俊夫さん、元気づけてくれた小高賢さん、そして何度も著書やテレビで紹介して下さった水野昌雄さん。今やもう誰が本気でわが歌集を読んでくれるのだろうかと思うと意欲も湧きにくいのだ。

恩師、宮原包治先生が創刊し、編集発行を引き継いできた年二回刊の「銀座短歌」も今年の一月に五十号をもって終刊した。自称歌壇で最も美しい同人誌と内輪で威張っていたが、読者があまりいそうもないし、ややマンネリ化しているのではないかと懸念した結果だ。しかし幸か不幸か二年前に「短歌人」の編集委員になってしまったので、作歌は続けることになりそうだが、これまでのようにがむしゃらに歌を作るのは止める。余生はひっそりと身辺を詠っていくことになるだろう。

月並みだが、「銀座短歌」で長く私を支えて下さった伊藤泓子さん、大野景子さんをはじめとする仲間の皆さん、「短歌人」の皆さん、また古くからの歌友で現在闘病中の長尾幹也さん、超多忙の中、今回帯文を書く労をとって下さった小池光さん、出版を引受けて下さった「短歌人」の編集人で六花書林社主の宇田川寛之さん、素敵な装幀をして下さった真田幸治さん、有難うございました。さらに今も私と強くつながってくれている故郷・下関の友人たち、長いことお世話になりました。それに一握りかもしれないが、わが読者の皆さん、またどこかでお会いできるといいですね。ではその日まで。

二〇二二年六月十五日
七十二歳の誕生の日に

栗明純生

略　歴

栗明純生（くりあきすみお）

1950年６月15日　下関市生
1995年　銀座短歌会入会
1999年　短歌人会入会　現在同人、編集委員

現代歌人協会会員、日本歌人クラブ会員
歌集『銀のハドソン』『黄のチューリップ』『グローバル・スタンダード』『ラ・トゥールの闇』

現住所　〒169-0075
東京都新宿区高田馬場４－30－10－208

はるかな日々

2022年10月18日　初版発行

著　者――栗 明 純 生

発行者――宇田川寛之

発行所――六花書林
〒170-0005
東京都豊島区南大塚 3 - 24 - 10　マリノホームズ1A
電 話 03-5949-6307
FAX 03-6912-7595

発売―――開発社
〒103-0023
東京都中央区日本橋本町 1 - 4 - 9　フォーラム日本橋 8 階
電 話 03-5205-0211
FAX 03-5205-2516

印刷―――相良整版印刷

製本―――仲佐製本

ISBN978-4-910181-39-4 C0092